時実新子の川柳と慟哭

Tokizane Shinko no senryu to Doukoku

平井美智子 編

Hirai Michiko

時実新子の
川柳と慟哭

平井美智子 著

新葉館ブックス

新子19歳、
長女まどか1歳の頃。

新子９歳頃。

23歳。子どもたちと明石公園にて。

2

昭和21年、17歳で結婚

21歳の頃。

昭　和

4年 1月、岡山県上道郡九蟠村（現・岡山市西大寺）に父・森義正、母初枝の間に次女として生まれる。恵美子と命名。

10年 村立開成尋常小学校入学。卒業までいじめられ、泣かされ通しだった。

16年 4月、岡山県立西大寺高等女学校入学。

19年 女学校4年から学徒動員開始。鐘淵紡績西大寺工場で勤務。

20年 16歳、奈良女子高等師範学校への学校推薦を固辞。医師を志し岡山厚生学院へ。

8月、広島から岡山へ避難してくる多数の被爆者を見る。

15日、終戦。学徒動員解除。学校は焼失により自宅待機。母の意思に従って花嫁修行。

21年 12月、17歳11ヵ月で見合い結婚。姫路にて文房具店経営の家族9人と共に住む。

ピース紺のシンプルな装丁の「新子」。（昭和59年復刻版）

昭和30年代、姫路・名古山霊苑にて。

昭和38年1月

「新子」記念句会にて房川素生氏と（昭和39年）

昭和31年4月、須磨浦公園にて（左端が新子）。

前田雀郎を歓迎して須磨浦波荘にて開催された句会。（昭和31年）

22年　12月、長女誕生。

25年　親子三人の生活に。短歌に打ち込む。

26年　4月、長男誕生。

28年　夫の両親、弟妹の同居生活に戻る。店の経営を引き継ぐ。

29年　神戸新聞川柳壇（椙元紋太選）に初投句。

30年　26歳。「ふあうすとひめじの会」に初参加。男性ばかりの会で雅号を「新子」とする。

31年　「ふあうすと川柳社」同人。

32年　岡山の句会に来た川上三太郎に会う。三太郎主宰「川柳研究」社友として迎えられ、翌年幹事。

37年　東西の革新的作家が結集した現代川柳作家連盟（今井鴨平委員長）に参加。

38年　12月、初の句集『新子』を自費出版（S59年1月『新子』復刻版発行）。

40年　各地の大会句会に選者として招かれる機会が激増。

昭和58年、秋。

「川柳展望」創刊２号と
10周年記念の43号表紙。

48歳の時に家出し、河川敷の姉の会社の
モルタル小屋に住んでいた頃。

昭和42年頃、川柳研究社の面々と
(前列中央が川上三太郎、その右
隣が新子)。

亡夫・雅夫氏と。

昭　和

41年　革新系総合誌「川柳ジャーナル」創刊に参加。

42年　徳島政治新聞社から初のエッセイ集『ちょっと一ぷく』刊行。

43年　発表の場は「川柳研究」と「川柳ジャーナル」に集中。
12月、三太郎没後、川柳研究社の幹事を辞退、退社。

48年　4月、短詩型文学全集『時実新子集』(八幡船社)刊行。

49年　12月「川柳ジャーナル」脱退。フリー宣言。

50年　季刊「川柳展望」創刊主宰。

51年　5月、三條東洋樹賞受賞。

52年　「神戸新聞」川柳壇選者。
夏、「川柳展望」編集室を姫路から大阪・茨木市内に移動。

53年　11月たいまつ社より句集『月の子』を上梓。

56年　姫路市民文化賞受賞。

「川柳大学」創刊号と創刊記念句会。

『花の結び目』出版記念パーティ
(昭和57年)

同期の柳友、橘高薫風(中央)、寺尾俊平と。

11月、書き下ろし川柳私史『花の結び目』(たいまつ社)刊行。

57年 8月、エッセイ集『新子つれづれ』刊行(たいまつ社)。

58年 12月、豪華限定版『新子百句』刊行(予約完売)。

59年 4月、『時実新子一萬句集』(木木社)。

60年 1月、社会福祉法人車崎福祉会理事就任。同法人再建のため尽力。

12月、夫死去。

61年 3月、神戸市内に仕事部屋を持つ。

6月、曽我六郎と共同で始めた編集工房円より『川柳秀句館…神戸新聞川柳壇の十年』出版。

62年 3月、橘高薫風、寺尾俊平らと3人選による「同期の桜記念句会」開催。

5月、曽我六郎と再婚。

12月、句集『有夫恋』(朝日新聞)刊行。ベストセラーに。

63年 『有夫恋』のヒットが続き、テレビ出

平成16年、岡山・吉備路文学館にて。

平成16年、主婦の友社の雑誌「ゆうゆう」の取材でのワンシーン。

平成11年、「時実新子全句集」発刊記念会にて。このドレスはお気に入りで、一緒に荼毘に付された。

記念会のあと、長男夫妻と。

昭和	
	演、週刊誌連載など多数。活躍の場が更に広がる。
	11月、アサヒグラフ「川柳新子座」連載開始。

平成	
元年	「主婦の友」新年号で田辺聖子と対談。
	6月、『週刊文春』にて「とうでん川柳倶楽部」連載開始。以後2003年3月まで14年余り続く。
2年	第一回「新子座大賞」表彰。
6年	4月、朝日放送番組審議委員就任。
	6月、青森県川内町に「君は日の子われは月の子顔上げよ」（自筆）の「時実新子文学碑」建立。
7年	1月17日、阪神淡路大震災。
	3月、被災した川柳仲間に呼びかけ合同句集『悲苦を超えて』を自費発行。マスコミに報道され注文が殺到、5月に『わが阪神大震災』と改題され大和書房より出版。

曽我六郎氏と。

数々の作品の執筆や添削などが行なわれた机。

ハガキ魔の新子はイラスト入りのハガキを沢山送ったという。

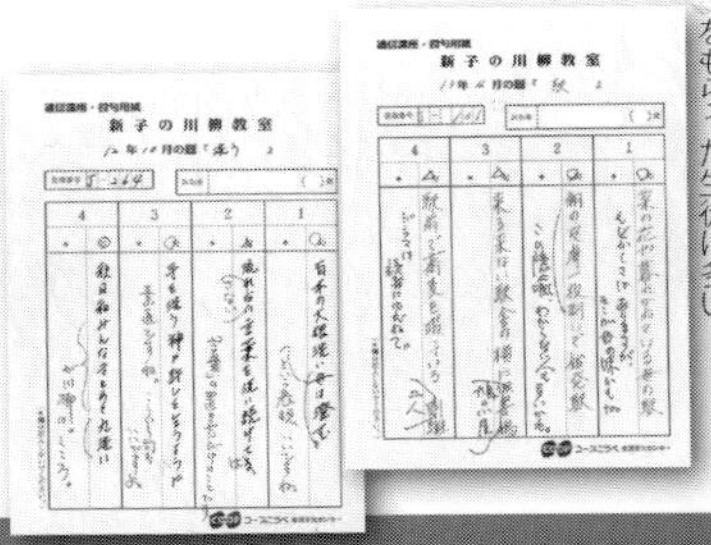

新子独特のコメントはどんなに忙しくても一人一人へ。添削の言葉に力をもらった生徒は多い。

8年　6月、神戸新聞文化賞受賞。
11月、神戸市内に事務所を開設し「月刊川柳大学」の準備へ。
2月1日、「時実新子の川柳大学」創刊。2000部を完売。
11日、神戸にて「月刊川柳大学」第一回創刊記念句会を開催。

10年　8月、神戸にて第5回「川柳大学」全国大会開催。大会終了後、心因性急性腸閉塞で救急車で運ばれる。病院で20時間点滴を受け退院。山荘の庭に「新子観音」を建立。

11年　1月、『時実新子全句集1955～1998』(大巧社)刊行。
神戸の郊外から旧市街に転居。

14年　10月初旬、「川柳大学」毎号の表紙に新子画の採用を決定。

15年　7月、新子文業五十年、川柳大学創刊100号記念企画着手。

16年　吉備路文学館にて展覧会開催。

新子、74歳頃。

新子観音
（平成10年開眼）

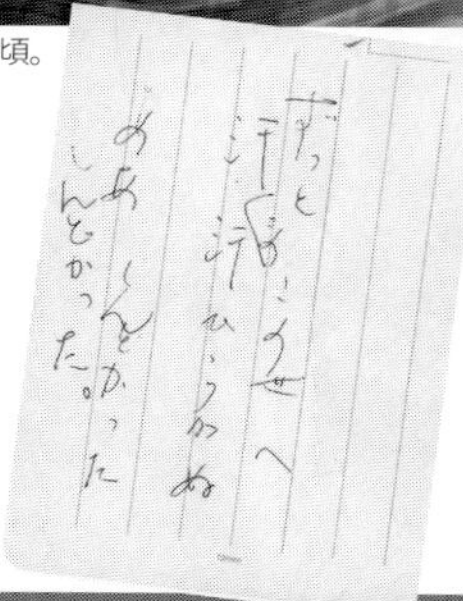

時実新子、絶筆。

狼谷の霊園に曽我六郎とともに眠る。

平成

17年　体調不良を訴えはじめ、仕事量をセーブ。入退院を繰り返し翌年9月には在宅緩和ケア生活に。激しい副作用を伴う闘病生活が続く。

19年　3月1日、再入院。10日、午前5時15分、神戸・六甲病院にて永眠。享年78。4月、神戸での「時実新子を偲ぶ会」に三五〇人が出席。「川柳大学」8月号をもって終刊。

21年　吉備路文学館にて追悼展開催。3月、時実新子「月の子忌」三回忌句会を神戸国際会館にて開催。

23年　1月、徳島県立文学書道館にて「川柳作家時実新子展」開催。

25年　3月、時実新子「月の子忌」七回忌川柳大会を神戸メリケンパークオリエンタルホテルにて開催。

29年　9月、姫路文学館にて「没後10年　川柳作家時実新子展」開催。

はじめに

川柳と闘い（川柳は命）とまで言い切った時実新子が亡くなって十年が経ちます。

「文芸としての川柳」を一歩も辞さず、自分発の川柳を読み続け、川柳の文学的な地位向上を願った五十有余年の川柳人生。

新子の没後に川柳を始めた人も増えて「時実新子」の名前だけが独り歩きをしている気がする昨今、彼女の作品を網羅することで、命を懸けて川柳を書き続けた新子の情熱と生き様をもう一度、世に問いたいとの想いが溢れて来ました。その想いを胸に彼女の「言葉」と代表作品をほぼ年代別に並べた珠玉の一冊。

「時実新子全句集」と「川柳大学」誌一三九冊を中心に編んだ四〇〇〇余句の一句一句に凝縮された新子の情念と生き様に触れてみてください。

平易な言葉の中の新子の川柳感は、川柳を志す者へのエールに成りうることは勿論ですが、本書が、彼女の数万に及ぶ命の句に出会うきっかけになればこんな嬉しいことはありません。

平成二十九年八月　　　　平井美智子

時実新子の川柳と慟哭　目次

資料提供：中居杏二、相元世津、時実隆史、小山紀乃（順不同・敬称略）
参考資料：「時実新子全句集」「時実新子の川柳大学」ほか

時実新子の川柳と慟哭

有夫恋

熱の舌しびれるように人を恋う
十七の花嫁なりし有夫恋
凶暴な愛が欲しいの煙突よ
ほんとうに刺すからそこに立たないで
何だ何だと大きな月が昇りくる
君は日の子われは月の子顔上げよ

妻をころしてゆらりゆらりと訪ね来よ

こちらあなたの夫と死ねる女です

菜の花の風はつめたし有夫恋

愛咬やはるかはるかにさくら散る

人の世に許されざるは美しき

れんげ菜の花この世の旅もあとすこし

泣いています

——I'm crying

阪神大震災（平成七年）

平成十七年一月十七日　裂ける
ひたすらに子に逢いたしよ震度7
非常袋に　父の骨　母の骨
天焦げる天は罪なき人好む

川柳は詩であるが、詩は川柳ではない。
（1975年　川柳展望
1988・花の結び目にも記載）

死者はただ黙す無力な月は照る

助かった人の手を取る三宮

電気ガス水道断たれ夫婦和す

五千の死踏み分けて逢う一人の死

川柳は格言ではない。したがって人生訓を敵とする。句によって訓戒を垂れようなんて考えないことだ。

（1975年　川柳展望）

男の眼きのうはきのう今日は今日

河口月光十七歳は死に易し

しあわせでしあわせで死を考える

山の音人間ぎらい人恋し

追いつめられた私へ踏切が上がる

約束の場所に他人が立っている

川柳は心に正直に、原則として現在地からのリアルタイムの発信をよしとする。

（1995年　わが阪神大震災）

撲つ夫を呆けて見ては撲れけり

どうしても愛せぬふしぎ顔を見る

子は日々に育ってむごいことを言う

現実はあなたの膝にあなたの子

花燃して残忍の自慰極まりぬ

湯垢すくって義理の妹愛し得ず

川柳の特色の一つとしての意地悪精神。ただし、いじわる精神は愛に支えられ、やさしさに裏打ちされるものでなければいけない。

（1975年　川柳展望）

いつの日か死ねば出られる鉄格子

罪の身に降りつむ雪のありがたさ

一生に楽がありましたか母よ

水枕　海は三鬼のものなのか

まじまじとみつめてこの人も哀し

ぬけぬけと夫婦に戻る傘の柄か

六つの気球

①危機感
②訴求力
③意味性
④意外性
⑤あそびのこころ
⑥一句一姿

（1975年　川柳展望）

倖せを言われ言訳せずにおき

嫁ぎ来て十年恋はまだ知らず

さみしさを言えばさみしい瞳が答え

われに棲む女をうとむ夜が来る

一束の手紙を焼いて軽くなる

子を連れず来て両方の手の置き場

川柳を型にはめる愚はもうこりごり。もっとおおらかに自由にあるべきです。

（1975年　川柳展望）

本当にいい句は、さっと生まれて姿崩さず、てにをは一字さえも動かせぬ緊張と深みと、ふくらみを有するもの。

（1975年　川柳展望）

嘘のかたまりの私が眠ります

母で妻で女で人間のわたくし

ぬけがらの私が妻と言う演技

沖をゆく船あり思慕が載せきれぬ

かなしみは遠く遠くに桃をむく

まなこ開くと消える劇ですもう少し

作家とは微量の毒に突き動かされ、それを形にし、文字にする人たちの呼称である。川柳も例外ではない。

（1975年　川柳展望）

句意を正しく伝えるために漢字を使うことに横着であってはならない。

（1986年　秀句館）

靴音が近づき胸を踏んで過ぎ
乳房すでに誰のものでもなくふたつ
野良犬の目となり愛を乞う日あり
茶碗伏せたように黙っている夫
切手の位置に切手を貼って狂えない
五月闇生みたい人の子を生まず

川柳は私の恋人、私の目標、私の生命。絶海の孤島に放り出されようと、私の心の在る限り私の川柳は存在する。

（1988年　花の結び目）


「俺のいのちだ」「私の川柳です」と言い切るとき、川柳は立派な文芸であり、文学である。

（1988年　花の結び目）

子をさとす涙は乳房からあふれ

よく笑う妻に戻って以来　冬

走れ新子一本の道ある限り

妻として手にするもののみな寒き

完敗のああにわとりは丸裸

子らよ子らよ愚かな母は眠りたし

平凡を非凡に変えるのは、人の倍も三倍も人や物をみつめることである。心を隠さずに表白することである。正直に自分を出す。恥ずかしがらずに出す。裸になり切る。これがいつのまにか天分を作り上げる。

（1988年　花の結び目）

ここはどこの細道だろか子も連れず

あの人を思いこの人見ています

お母さんです　誰も返事をしてくれぬ

長い塀だな長い女の一生だな

誰も居なければ新子を抱きしめん

さくらさくらこんなことでは泣きませぬ

私の一句は今日生まれるのだ——そう思って起床する。
（1988年　花の結び目）

いのちの限り咲きつづける。ライバルは自分自身。それが私の川柳である。
（1988年　花の結び目）

夫の子を生みし一枚明るき絵

希望とや泳げぬ魚と飛べぬ鳥

たたんで叩き売るわたくしの手足

挨拶をしない二本のさくらの木

母だから泣かない母だから泣く日

死ねばこの風に逢えなくなる九月

古川柳の時代と現代川柳が大きく異なるのは作者名がどこまでもついてまわる点である。

（1988年　花の結び目）

メソメソした詩情を好まず「開き直り」「笑いのめし」、川柳はかんらかんらと歩いてゆくのです。

（1988年　花の結び目）

嘘をつくのは喉のあたりの夕まぐれ

親は要りませぬ　橋から唾を吐く

いちめんの椿の中に椿落つ

水溜り心を見られそうで跳ぶ

紫のアザとでてゆく炎天下

骨肉のがんじがらめよ鎌の月

「発想の目」「発見の目」が大切。魚眼レンズをもち、諧謔の角度を素早く捕らえよう。
（１９８８年　花の結び目）

美しい少女はそれだけで孤独である。
（１９８９年　新子座８９）

あかつきの梟よりも深く泣く

ボッと火がついてそれから深い闇

二人から一人になりぬ豆の花

どこまでが夢の白桃ころがりぬ

わが胸の伐採音の絶え間なし

死にたがる母と夜明けを待っている

れんげ畠は私の性のふるさとであり希求でもあった。

（1989年　新子座'89）

句は平凡に詠って非凡であること。

（1992　現代川柳）

孝行をしない中指くすりゆび

ひと言も言わずに母は粥を煮る

答えはいつも生きていたいという汽車だ

忘恩の水が流れる膝がしら

確実に減る黒髪と味噌醤油

十人の男を呑んで九人吐く

没なら没で良し。自分の句を愛するということはそういうこと。
（1992　現代川柳）

百人が百人に褒めてもらう句なんておよそできるはずがない。
（1992　現代川柳）

愛はもう問わず重ねたパンを切る
一点をみつめておれば死ねそうな
なかぞらにわが恋放りあげて泣く
おじぎ草お前もばかな生まれつき
子を生みしことは幻　天高し
もろもろの心の果てに切る仁義

句の上手い人が選が上手とは限らない。
（1992　現代川柳）

川柳は「もう一人の自分が自分を見る」という自己客観の文芸である。
（1992年　新子座'92）

ただそこに在りゆうぐれの月見草

ののしりの果ての身重ね　昼の月

いっぴきの男葬る目に力

冬の野は真紅わたしは嫁にゆく

抱かれざる妻のうすむらさきの骨

夕空に信号の黄の美しさ

どうしようもない心を吐き尽くす。自分の悪から目を外らさない。もちろん歓びの熱い涙も隠さない。

（1993年　新子座'93）

そうか夫も淋しかったか旅の鈴

鳥籠に指入れてみるさみしい日

ラの音を探しつづけて日が暮れる

机の上のりんごに誰も手を触れぬ

地球儀のここらあたりが鬱の海

もう母を見ようとしないお月様

私が「新子」を出した昭和三十八年ごろは、句集のたぐいはノシをつけてもらっていただくもの、という風潮でした。でも私は一冊として「もらっていただき」ませんでした。買われてこその「評価」だと思ったからです。

（1995年　新子流川柳入門）

祈りくだされと老いたる父の文

美しく人を愛すというは嘘

白い花咲いたよ白い花散った

父も目を開けて泣くなり親子なり

芋の子ころり芋の子ころりけつまずく

おもしろうてかなしきサンバ通り過ぐ

省略すること。これは短詩文芸の基本です。
（1995年　新子流川柳入門）

鑑賞もまた省略なり。
（1995年　新子流川柳入門）

ヘイ・マンボゆうべ安売りした乳房

平和うれしい恋にないたし子も生んだし

髪伸びる音して赤も黄も孤独

アハハハと死者と生者が入れ替わる

よく似た運さ朝顔も夕顔も

一と月に一人子を産む立って産む

「川柳は十七字」なのではなく「川柳は十七音字の詩型」なのです。

（1995年　新子流川柳入門）

文字や言葉に出来るだけ敏感になって下さい。それが川柳を愛するこころなのです。

（1995年　新子流川柳入門）

未来へとぽろぽろこぼす鳩の糞

一握の灰　これが父　これが母

性終わる　生また終わる　よく晴れて

愛そうとしたのよずっとずっとずっと

カラス灰色おまえの悲苦が今わかる

私たちはもう十分に生きました。

決してうまく作ろうと思わないことです。技巧の前に何よりも大切なのは心です。
（1995年　新子流川柳入門）

私の家は梟の目のずっと奥

誰が好き　私が好きでさみしがり

ビワの肌むかし抱かれた朝の露

私から私が逃げてゆく　待って

羽交い絞めそんな愛など思うとき

誰かこの手にくちづけて泣かしめよ

理屈や語の解釈に頼る読み方は
短詩文芸ではマイナス。感性で
キャッチすることが大切だ。
（1995年　新子流川柳入門）

散るほかになかった桜散りました

置いとけばよかった恋人とおもちゃ

トキザネシンコいいえ一人のお婆さん

猫といる日向ぼっこの震災忌

さみしさよ老いていただく軽いキス

花鉢抱いて小さな幸がいやになる

文芸は夜生まれる。つまり、心の中に夜(ひとりの世界)を持つことが大切。
(1995年　新子流川柳入門)

髪が泣く手が泣く真夜中の正座

秋の朝うすい手紙をポストした

堕地獄の母が泣かねば赤子泣く

顔洗う　顔が小さくなっている

押せば泣く人形の腕押し続け

十日見ぬ鏡三年会わぬ親

どこまで脱皮しても蛇は蛇。新子は新子。

（１９９５年　咲くやこの花）

豊かなボキャブラリーとは日常の、あたりまえのこと、物をよく見てつかむ表現の豊かさ。

（１９９５年　新子流川柳入門）

ともだちを一人買い足す文庫本

ホイサッサどこのどなたかご親切

順番に何か待ってる五色飴

夕ざくら父が泣くので散りはじめ

イヴの夜のでんわのあとのすすり泣き

逝く人にゆるされにゆく雪の里

「なめらかさ」こそが律です。リズムです。韻たるところです。

（1995年　新子流川柳入門）

さみしいと言わせるまでは酌ぎこぼす

ちがうちがうちがうちがう涙の異床異夢

神サマの決めた夫がいるお部屋

北風がつめたいいいいえあたたかい

歯形見てわかった悔しさのかたち

あなたから私を剥がすときの音

平凡な市井の人たちの川柳が、その境遇ゆえに平凡でつまらないということは決してありません。主流はそういったひとたちなのです。

（1995年　新子流川柳入門）

ひとしきり泣くとカルピス味になる

犯人になっても母を安息に

海をかぶって哭く日があると誰に告ぐ

枕噛む呻けば亡母が泣くからに

ぞんぶんに人を泣かしめ粥うまし

父あわれ太田胃散が膝に散り

句は書きたいときに書く。怒涛のように押しよせ、突きあげる感情のなかで書く。生めるまで生む。何句なんて数など問題ではありません。怒涛がおさまるまで書けばよいと思います。

（1995年　新子流川柳入門）

愛しています

——It's being loved

じんとくる手紙を呉れたろくでなし

手が好きでやがてすべてが好きになる

どうしても好きで涙が膝に落ち

雪の夜の惨劇となるベルを押す

この子九つまだまだ死ねぬまだ死ねぬ

この眼が夫　生ある限り私の夫

目を深く広く届かせること。好奇心をもっていること。つねに自分との対話を忘れないこと。なによりも川柳が好きであること。これだけそろえば、あなたは今すぐ川柳が作れます。

（１９９５年　新子流川柳入門）

撫でている姑の背中未だ他人

子の父で母で限界線に立つ

夜は夜の心となりて人を恋う

母と女のどっちつかずが駅に居る

負けるものかと奥様がおっしゃった

逢えば消ゆ烈しきものは何ならん

いつも感度のよいアンテナを立てて、すばやくキャッチしましょう。

（1995年　新子流川柳入門）

先祖の残した負債（狂句百年）は私を含む現代の川柳作家たちを責め続けてきた。

（1995年　日本の名随筆）

おむすびを並べて今日は母である

この手離そうか夫が乗る梯子

パラソルの母だけ覚え兵征きぬ

いのち惜し春の野犬の目のように

子に泣かれそれもお題の5・7・5

子に負けて戻った街が夕焼ける

膨らませる為の省略。（1996年　川柳大学）

常識を半歩出る。（1996年　川柳大学）

子を呼んでほら三日月がきれいでしょ

子には子の生き方がある雪がふる

雨つばめ人に逢いたき声を張る

伝染ってもいいかと愛は愛は愛は

神サマ許シテ下サイ好キニナレマセン

母を捨てに石ころ道の乳母車

一句の中で具象はとても大切である。

（1996年　川柳大学）

自選とは本当に難しいものである。感情移入が先立つので客観の目がかすんでしまう。

（1996年　川柳大学）

犬走れ使いに走れ愛走れ

竹光で斬られて母は死んでやり

一行を消し一行を狂いける

爪を切る時にも思う人のあり

箸重ねて洗う縁をふと思う

おまえはいい子あやまることはありません

説明を求められたら句のまけ。

（1996年　川柳大学）

旅に出て思う長女のランドセル

指の傷吸うて烈しく君を恋う

雨の街短く逢うて満たされる

あたしの恋を蔑む涙なら　母よ

子を膝にこの重みこそ確かなり

触れ合えば即ち罪となる指の

川柳を吐くことによって癒されてきた。

（1996年　川柳大学）

何という正直妻子は愛しいと

足裏に火を踏む恋のまっしぐら

みにくいあひるよりもみにくく水を飲む

胸深く鼓鳴るなり逢わぬなり

嫌い抜くために隙なく粧いぬ

恋成れり四時には四時の汽車が出る

現代川柳のユーモアの基本は「自分を笑うこと」。

（1996年　川柳大学）

百合みだら五つひらいてみなみだら

別れねばならない人と象を見る

てのひらで豆腐を切って思慕を断つ

女たり乳房に風をはらむとき

愛するは待つことなのか日も夜も

目的はあなたにあった旅でした

川柳の姿は一本の棒である。
（1996年　川柳大学）

禁じられしもののあえかに美しき

包丁で指切るほどに逢いたいか

樹の上に樹がある　逢えるかも知れぬ

病む夫に明るい声を聞かれけり

ほんとうに刺すからそこに立たないで

悪事完了　紙より白き月に逢う

一番大切なのは書きたいという
心の波。

（1996年　川柳大学）

悪い男と心ひとつに薔薇を見た

男の家に赤い三輪車があった

病む姑に病めよと思う癒えよと思う

森の中不意に抱かれて萩ばかり

母を恨めば赤い雪ふる生年月日

声欲しや手紙も欲しや傘欲しや

川柳は「もうひとりの自分」が見て書いているという意味で客観の文芸。

（1996年　川柳大学）

舟虫よお前卑怯でうつくしい

忘れたし殺したしその上で死にたし

ふたたびの男女となりぬ春の泥

身体の中で時計なりだし鳴りやまず

まだ咲いているのは夾竹桃のバカ

ひるまずに恋が命と言い切ろう

喜怒哀楽の怒と哀が一番起爆剤であり種火。

（1996年　川柳大学）

虚と実の虚の部分を開拓してゆくことも大切。

（1996年　川柳大学）

鳥籠へ男を返しほうやれほ

ゆきくれて買う牛乳とビスケット

墓の下の男の下に眠りたや

冬笹の狂いの朝も妻と記す

黄菊白菊女ざかりが過ぎていく

草いきれこんな男に従いてゆく

第一発想は捨てる。但し、奇を衒わない。

（1996年　川柳大学）

母親を捨ててあふれるコップ酒
よその男と命の芯をみつめ合う
いぼ蛙お前は美しいのだよ
新しい男しばらく鹿の艶
こんないのちでよろしいならば風呂敷に
手に掬い手からこぼして吉井川

作者即読者、読者即作者。
（1996年　川柳大学）

大根が白くてふッと抱かれる

雪中の一軒焼いて遊ぼうよ

ありがとう神様あの人が来ます

うなずいて短き愛は始りぬ

水に書くひとつ覚えの狂いうた

手花火の乙女は憎し美しき

肯定も否定もしていない作者の作品こそ逸品。「自分の心の波」をみつめる姿勢をもっと大切にして欲しい。「自分の敵は自分」「自分の気に入った句ができたときがいちばん嬉しい」こうなれば本物です。

（1996年　川柳大学）

たぎるもの桜三月桃二月

嫉妬せり世の黒青を掻き集め

死に体を抱かれていたり桜色

不意に愛　男のような眉になる

入っていますす入っていますこの世です

あとすこしなれば許されずに歩く

「美しく老いる」という言葉が私は嫌いだ。

（1995年　死ぬまで女）

川柳は一句一訴。くどくどは駄句。

（1996年　言葉たち）

渾身は美し　夏みかんに爪

除籍入籍　椿ぽたぽた落ちる中

怒らせて波打つ胸に遊びけり

二人で歩くちょいとそこまで地の果まで

戻りたしあの灼熱の河川敷

私にわたしの爪を立てている

ものすごい嫉妬。だから作家なのだけれど。

（1996年　言葉たち）

遠い遠い薄荷を取りに行っている

青い血の金魚と生まれたるは罰

人恋いの高い声出て恥ずかしや

父のためならその身八つ裂き百裂きに

嚥下する水　父である　母である

かまぼこの板を集めていた母よ

結局はすくわれたのはやっぱり川柳でした。

（1997年　川柳大学）

川柳の定義がそんなに欲しければ、自分で定めればよろしい。

（1997年　川柳大学）

時折り出してみる母親の骨の櫛

穴という穴を咲かせてさみしがる

不機嫌ないちじく六個五百円

太き声細き声混ぜ鈴になる

膝小僧じんじん恋をしそうなり

稀にある美しい日が今日だった

全没がなにほどのことでしょう。

（1997年　川柳大学）

次号に句会の残滓など出す未練はやめて。

（1997年　川柳大学）

妻ですと二度ほど答え涙ぐむ
ほんとうの愛は涎を啜るのよ
みんなやさしいだから涙が止まらない
こんなさみしい夕暮れの性器だよ
押せば泣くママー人形押しつづけ
他郷にてのうぜんかずら高く咲く

雑念の中でこそ集中力は試される。

（1997年　川柳大学）

ゆっくりと受話器を置いて猫を蹴る

帯を叩くと好きな男の音が出る

娘の指へ夜店のゆびわ遺産分け

放たれて男の背中幅を持つ

菜の花菜の花子供でも産もうかな

どうぞあなたも孤独であってほしい雨

私は神様ではありません。
（1997年　川柳大学）

さよならです――Good-bye

花よりも花ある一歩二歩たれよ

人はこんなにやさしくなって死ぬんだね

なわとびに入っておいで出てお行き

絶望へ明るい車内アナウンス

あざやかな死だいっぴきの金魚の死

水にねて水よりゆるき脈打てり

虚と実あっての真実。事実の報告は文芸ではない。

（１９９７年　川柳大学）

自分の句が抜けないという次元で選者への信不信を口にしない。

（１９９７年　川柳大学）

よろこんでいる人何か落としそう
きっちりと衿を合わせて一人寝る
放心へ正確に舞う扇風機
強がりを言う瞳を唇でふさがれる
診察台人を愛した女なり
掌の上で蝶死す時の風の音

笑いの句の下には必ずペーソスが裏打ちされていて、しかも「愛」がいる。
（1997年　川柳大学）

エッセーはハート、川柳は丹田で書く。
（1997年　川柳大学）

風強き日の快感に立っている

雪こんこ人妻という手にこんこ

にんげんの重さを今日も持ち歩く

男男男と書いて敵と読む

この家の子を生み柱光らせて

月のかさめぐり逢わねばただの暈

私たちの書く川柳もどこかで誰かを癒すことができるといいですね。

（1997年　川柳大学）

明日逢える人の如くに別れたし

つなぐ手の母なり子なりすべてなり

耳の形が思い出せない好きな人

人や憂し鰯はザルに溢れいて

とかげの背光り夫の手が這うよ

花火の群れの幾人が死を考える

作為なき真を希求したい。

（1998年　川柳大学）

川柳は小さな姿ですけど大変大きなことも訴える。

（1998年　川柳大学）

空は見ず合歓の地に蝉は満つ
夫の眼をうかがう虫となり眠る
海は満つることなし抱く闇深し
蛇の皮たけのこの皮わたしの死
どこかに愛はないかハガキの裏表
死顔の美しさなど何としょう

私の選句に人手は借りていません。粗選びで洩れたら大変ですから、全部自分でやっています。
（１９９８年　川柳大学）

人は人によって救われる。
（１９９８年　川柳大学）

人の死をきく夜も求む夫なるや

乾杯と未来が好きな男たち

風船の指離そうか離そうか

雪深く仏の笑みのなお深く

寒菊の忍耐という汚ならし

これが夫婦の地獄絵を母よ見よ

発想は虫の目から。アンテナ張って、まわりをじっくり眺めてみよう。
（1998年　川柳大学）

自分の中に自分という他人が増えるのは楽しい。
（1998年　川柳大学）

つらなってわたしを去っていく電車

バクバクと死を思う日の無風たり

沈むまで見ている花の首ひとつ

企むや身のすみずみに蛍棲む

舐め合えば傷は若葉の照り返し

駈けのぼる花火よ天に子がいます

悪びれているのがよいこともある。

（1998年　川柳大学）

日常をバカにせず、じっくり自分の目を信用して眺めること。

（1998年　川柳大学）

野火這わせひとつの愛を秘め通す

はるか来て火の約束の果てを見る

ああ母乳さなぎの如く眠りたし

まんじゅさげ女自身の罪ばかり

投げられた茶碗を拾う私を拾う

どの子を舐めるこの子を舐める母狐

一心という姿を私は母から学んだ。

（１９９８年　言葉をください）

女は「からだ」を汚すことでしか心の愛を断ち切れない。

（１９９８年　言葉をください）

豚の鼻ピンク　新年おめでとう

雪さんさ男の嘘がもう見えぬ

風の野に風ぐるまありあれが生

抱いてくださいぬくもりのある屍

まんじゅさげは九月の花のその九月

暁のマリアを同罪に堕とす

無駄という努力こそが生きる楽しみ。

（1998年　川柳大学）

雪の日は天使の如き嘘つきに

風と人のほかに何ある恋やせん

負けられぬ日の風邪髪に風通す

かくれんぼして花かげの花になる

囁かれ　あんなところに昼の月

月夜の籠に悪い女が吊ってある

人は異変を好む。これもまた生の必然。

（1998年　川柳大学）

文芸の真実と日常の事実とは全く違う。

（1998年　川柳大学）

見ています貨車の切れ目の月見草

しあわせになれそうなので目をとじる

いっぽんの木になりたくて木をゆする

トタン屋根雨はこの世の音で降る

こころの奥で生涯組んでいる筏

かの子には一平が居たながい雨

川柳はおせっかいです。それもこれも人間大好き！のせいです。

（1998年　おじさんは文学通）

喉のあたりに愛はもっともとどまるか

今はまだ妻でありしよ秋ざくら

夢のまた夢の流れの岸づたい

行く末を激しく問いぬキリギリス

荒々と母は流れる吉井川

ふらり出て水へ水へと河育ち

心に芽生えた針ほどの悪の芽も見逃してはいけません。針小棒大にそれを出してください。それが人を打つ大きな力となるのです。

（1998年　おじさんは文学通）

流れつつ美しい日がまれにある
風の駅まもなく電車が入ります
つきつめてゆくと愛かなてんと虫
間違いは間違いとおせ桐の花
中年やぱッと火がつくセルロイド
篝火は天に破約のうつくしさ

川柳は「私」性の強い文芸。現在地からの発信を大切に。
（1999年　川柳大学）

命がけのじゃんけんぽんもありぬべし

この世のことはこの世で終るバス走る

ころがしてころしてしまう雪だるま

四時の家秘かなものは煮えつづける

抱かれたくなる　不意打ちのロック

飛行機の昇る角度は恋に似る

マンネリを恐れず「私」を積んでゆきなさい。

（1999年　川柳大学）

全部の句を強・強・強と張りっぱなしの連作や群作は失敗する。

（1999年　川柳大学）

飛行機の降りる角度は愛に似る

大いなる許し真昼の百合ひらく

川の他にふるさと持たず枕経

合掌の形で蛍つぶしけり

神様に召される自転車に乗って

出発やせめても胸に白い花

コツは「とことん」です。作る作らぬ死ぬ治るすべて。

（2000年　川柳大学）

質問すれば教えてもらえるなんていうのは文芸ではない。数式なら教えられますけど。

（2000年　川柳大学）

ももいろの猫抱きこれからがおぼろ

聖戦という名おそろし金魚鉢

空に雲　この平凡をおそれずに

あれからの父は埴輪になり給う

この路地は抜けられませぬ母が住む

延命の器具るいるいと父を巻く

この人だと思う人の×○だけ信じることです。

（2000年　川柳大学）

川柳はオモチャのピストルである。

（2000年　川柳大学）

ざわざわと葦川の葦になぶられる
川岸に生まれ所在として恥じず
もう少し生きる大根切るために
夕顔は顔を埋ずめるために咲く
魚は魚のかたちで泳ぐだけのこと
ふっと息　狼谷に墓はある

作者としては半分伝わったら御の字。読者は他人ですから全部わかったら嘘っぽい。

（2000年　川柳大学）

星の路地　猫美しくすり抜けて

みんなよくごらんカモメは黒い鳥

母から母へ母から母へ軋む音

怨念は不滅　ガス燈五角形

生きろよとポスト余計なことを言う

死ぬためにただ死ぬために蝉生まれ

作為が前にでると良い句は作れない。

（2000年　川柳大学）

梅桃桜　誰がいちばん男好き

何の音　あれは私が死んだ音

「少しだけらくになったよ」「よかったわ」

死にはせぬ男の腕の中などで

雑木林の家は月夜に焼くつもり

毒飲んでほんのひととき真人間

柳歴といっても実が伴わなければ何の付加価値もありません。作品評価に関係はありません。

（2000年　川柳大学）

夢二つ三つ四つ命足りませぬ

さいごを飾るそんな気のする訪問着

虹など見せて神の機嫌のよき日なり

下船ドラ　終わった恋の音に似る

ニセモノですよ私のやさしさも愛も

ぜひ逢わせたい右耳と左耳

川柳とエッセイは短小ながら本音が勝負の文芸。
（2000年　私の死亡記事）

伝統を踏まえ、日々新しくあるべき。
（2002年　川柳大学）

凝りもせず多情多恨の煤払い

粥を炊こうかそれともここで死にましょか

また春が来る体内の水の音

おどろいてあげよう空を飛ぶ魚

三月に死ねたらしばらくは春ね

片方が生きているから生きる靴

大衆を甘く見てはいけない。わかってもらおうとするあまりに質を落とすなんて大間違い。大衆はもっと、賢いし進んでいます。

（2002年　川柳大学）

理屈は時として文芸の邪魔。

（2002年　川柳大学）

もう死ぬと言わない約束のＦＡＸ

大方の虫はしずかに生きて死ぬ

休筆は死ゆえ死んではならぬゆえ

山に船浮かべる故郷無き者は

死は不意に花火の町の踏切で

見比べてわたしのぜんぶ可燃物

句を読むときは、まずその字面からイメージし、しかる後にバックを考える。

（２００２年　川柳大学）

満月光　猫の腹には猫がいる

わたくしのあなたを運ぶ救急車

月よりも明るい駅へ来てしまう

死は生のつづきだそうで春帽子

ぽつねんと花見る猫のいい姿

蝶老いて毒の銀粉美しい

文芸は答えの出ないもの。死ぬまで追っかけるもの。

（2004年　川柳大学）

罌粟咲かせどんな事にも驚かぬ

イントロのところでバカにされている

豆腐のような一日だった長かった

咳払いきこえこの世の窓があく

ＦＡＸのふいに動いて死の知らせ

ふぐの毒欲しや死にたやしびれたや

大切なのは自分の中にいつも他人の眼をもっていることです。
（２００６年　川柳大学）

句会で全没になったと落胆しているが、自分の良いと思う句が出来たらそれでよい。
（２００８年　天才の秘密）

カラスですものカラス許せる訳がなし

水は霧に霧は空気になりたがる

牙を抜かれた順に並んだ六地蔵

笑い袋の笑い終わったそのしじま

無為の日の呼吸もったいなく思う

花咲けば父花散れば母の事

川柳は歩きながらでもバスの中ででも書けます。

（2008年　だから川柳）

ピストルの形に残るパンの耳

満月の肉球かざし猫会議

死ぬなよと夫の声でドア閉まる

双乳いま夕日に吸わせ衿合わす

ぽかんぽかん痛点を今抜けたらし

老婆いてこれがおまえに生き写し

自分の事がわからぬのは当たり前。わかったなら化け物です。そして、盲目こそ幸福でもあるのです。

（2013年　わが母時実新子）

強くなりたいなんばんきびの葉のように

一人でないと一人に勝てぬ仁王立ち

らいねんを笑う木綿の種袋

めらめらと午後の日輪バーベキュー

命より少うし長く銅鑼は鳴る

茜色黄色へ　川柳元年へ

心を時々旅に出してやってください。

（２０１３年　新子の川柳ライブ塾）

時実新子の明日は変人、明後日は狂人です。

（２０１３年　新子の川柳ライブ塾）

もいちどさくらもいちどさくらそれはむり
あけぼのや無知たることは美しや
昔こうして今日もこうして吉井川
ここで終われば少し花ある人生か
シンコシンダと誰か誰かに伝えてよ
うららかな死よその節はありがとう

「川柳ってもっとオモロイもんやおまへんか」

「ここで一句ひねってください」

聞き流しておこう。

しかし、心にはとめておこう。

ユーモア精神と瞬発力は大切だから。

日常独話（言葉たちより）

あとがき

二月の終り、岡山県西大寺市へ足を運んだ。新子が通った西大寺高等女学校の跡を尋ね、そこから四キロほど河口にある九幡を訪れた。彼女は九幡村から続く川辺の道を自転車で通学したと聞く。良い思い出ばかりではなかったという九幡。母なる吉井川は彼女に何を語りかけたのであろうか。山影とうろこ雲を抱いて揺れている川面は、新子の心のざわめきそのもののような気がしてならない。

（妻をころしてゆらりゆらりと訪ねこよ）

新子の句の強烈な自我の発露は衝撃と共に多くの共感を得たが、彼女の句の存在感に畏れをなし一線を引く人もあったと聞く。

それらの視線にも怯むことなく詠み続けた情念と迫力。生への執念と死への畏れを持った裸の新子の切っ先は読む人の心に迫ることであろう。

芸術としての川柳を確立した言葉の組み合わせ、具象の巧みさ、確かな表現力は川柳を志す人々のバイブルに成ることは必至である。

此の度ご縁を頂いて、新葉館出版の「川柳名作家シリーズ・時実新子」の監修にあたることになった。「あんたが私の句の監修?」と苦笑いしている新子の顔が浮かんでくる。時実新子の数万句に及ぶ川柳作品と川柳に対する情熱を一冊にまとめることは不可能であるが、本書を手にして下さった方々を「時実新子の世界」へ誘う糸口になればと切に願っている。

快く出版の許可をいただいた時実隆史氏、私の拙い選句にアドバイスを下さった新家完司、樋口由紀子両氏、そして、新葉館出版の松岡恭子氏と編集スタッフに心から感謝申し上げる。

句集「新子」川上三太郎序文より

さもあればあれ雨に風にひるむことなくただひとすじの道を新子よ、歩くがよい。

平成二十九年八月

平井美智子

【編者略歴】

平井美智子（ひらい・みちこ）

高知市生まれ。

1997年時実新子の「生き方新子座」受講。

「川柳大学」終刊後は大阪市生涯学習インストラクターとして川柳講座講師を務める。

著書に川柳集「窓」（2004年）、平井美智子句集「なみだがとまるまで」（2013年）、「凌霄花」（2016年）

時実新子の川柳と慟哭

新葉館ブックス

○

平成29年11月3日初版

編　者

平　井　　美智子

発行人

松　岡　　恭　子

発行所

新　葉　館　出　版

大阪市東成区玉津1丁目9-16 4F 〒537-0023

TEL06-4259-3777 FAX06-4259-3888

http://shinyokan.ne.jp

印刷所

株式会社シナノパブリッシングプレス

○

定価はカバーに表示してあります。

ISBN978-4-86044-813-4